CASA DO SABOR

Texto **Graça Ramos**
Ilustrações **Galeno**

autêntica

Copyright © 2011 Graça Ramos
Ilustrações © 2011 Francisco Galeno

Edição geral
Sonia Junqueira (T&S - Texto e Sistema Ltda.)

Projeto gráfico
Diogo Droschi

Revisão
Ana Carolina Lins

AUTÊNTICA EDITORA LTDA.
Editora responsável
Rejane Dias

Belo Horizonte
Rua Aimorés, 981, 8º andar . Funcionários
30140-071 . Belo Horizonte . MG
Tel.: (55 31) 3222 6819

São Paulo
Av. Paulista, 2073 . Conjunto Nacional
Horsa I . Conj. 1101 . Cerqueira César
01311-940 . São Paulo . SP
Tel.: (55 11) 3034 4468

Televendas: 0800 283 13 22
www.autenticaeditora.com.br

Revisado conforme o Novo Acordo Ortográfico.

Todos os direitos reservados pela Autêntica Editora.
Nenhuma parte desta publicação poderá ser reproduzida,
seja por meios mecânicos, eletrônicos, seja via cópia
xerográfica, sem a autorização prévia da Editora.

Dados Internacionais de Catalogação na Publicação (CIP)
(Câmara Brasileira do Livro, SP, Brasil)

Ramos, Graça
    Casa do sabor / texto Graça Ramos ; ilustrações
Galeno. – Belo Horizonte : Autêntica Editora, 2011.

    ISBN 978-85-7526-526-0

    1. Literatura infantojuvenil I. Galeno. II. Título.

11-00975   CDD-028.5

Índices para catálogo sistemático:
1. Literatura infantil   028.5
2. Literatura infantojuvenil   028.5

A todos os culumins.

Esta é uma história fácil de contar.
Emília tinha os olhos arregalados e o
corpo fininho, bem fininho.
Seus pais viviam preocupados.
Dos quatro filhos, a única
mulher era ela, que gostava
de tudo, menos de comida.

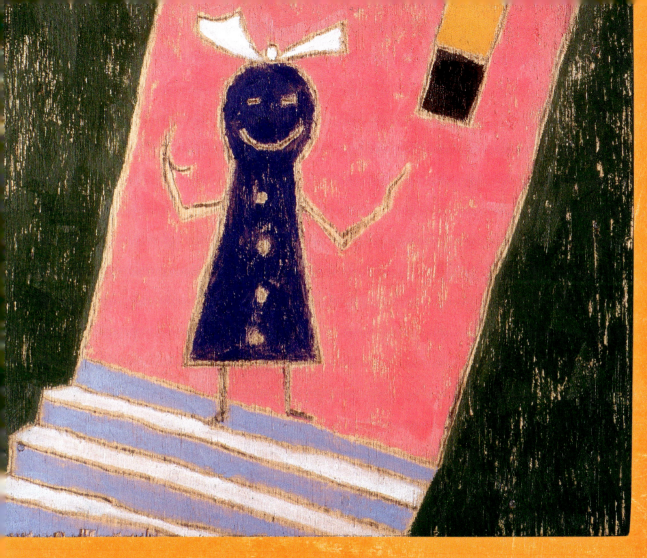

Toda vez, era a mesma coisa: "Come o arroz, toma o suco, morde a fruta." Nossa, que dilema! Pão, bife, batatinha ou pudim. Doce ou sal? Os sabores nada diziam à pequenina.

Certo dia, saiu cedo de casa. Queria sonhar sozinha. Partiu para seu esconderijo preferido. Era o lugar mais lindo do mundo.

De lá, via a terra, os rios e, com a ajuda da imaginação, o encontro do mar com o céu. Adivinhe, se quiser, que lugar era esse. Não pense que era uma montanha, não! Era a copa de uma árvore, dona de tronco curto, recheada de galhos grandes. Até no tempo da seca a danada estava sempre bela e verde.

Essa planta é o umbuzeiro. Os índios tupi, que a batizaram, colocavam a letra "i" no lugar do "u" e a chamavam de imbuzeiro. Nele nasce uma frutinha amarelo-esverdeada tão gostosa que, só de lembrar, vem água na boca.

Naquela manhã, lá no alto do pé de umbu, Emília fez uma cama com os galhos. Deitou-se neles e sonhou com outros mundos, igual a uma boneca falante que sua mãe teve na infância e de quem herdou o nome.

Os galhos da árvore foram ficando cansados, e a cama-trança desabou.

O susto foi grande. Por sorte, a blusa da menina enganchou em um dos

galhos. Ela não tinha forças para sair dali e ficou balançando no ar.

Passaram-se horas. Começou a escurecer. E ninguém achava a garota de cabelos cor de doce de manga. Seus pais e sua avó olharam bem de longe para o umbuzeiro. Não viram nada no meio dos umbuzinhos.

Enquanto isso, chegaram a fome e a sede. Emília achou tudo muito esquisito. Nunca tinha sentido fome e não sabia o que fazer. Apertou a barriga e chorou. Lembrou-se, de repente, daquelas crianças de olhos arregalados e barriga grande. E começou a entender muitas coisas.

Foi, então, que o atrevido beija-flor-de-orelha-violeta, com sua voz delicada, disse: "Tome, coma cajá-umbu!". Emília pegou uma daquelas frutinhas, colocou na boca, e eis que um milagre aconteceu. Ela acabava de descobrir o prazer do sabor.

Comeu tantas frutinhas que, de tanto comer, começou a ficar gordinha, gordinha. Com isso, os galhos foram baixando devagarinho até o chão. Ao tocar a terra vermelha, a menina não acreditou na aventura vivida.

"Foi mais um de meus sonhos acordada", falou em voz alta. Só quando sentiu o elástico da saia bem apertado, percebeu que tudo havia sido verdade.

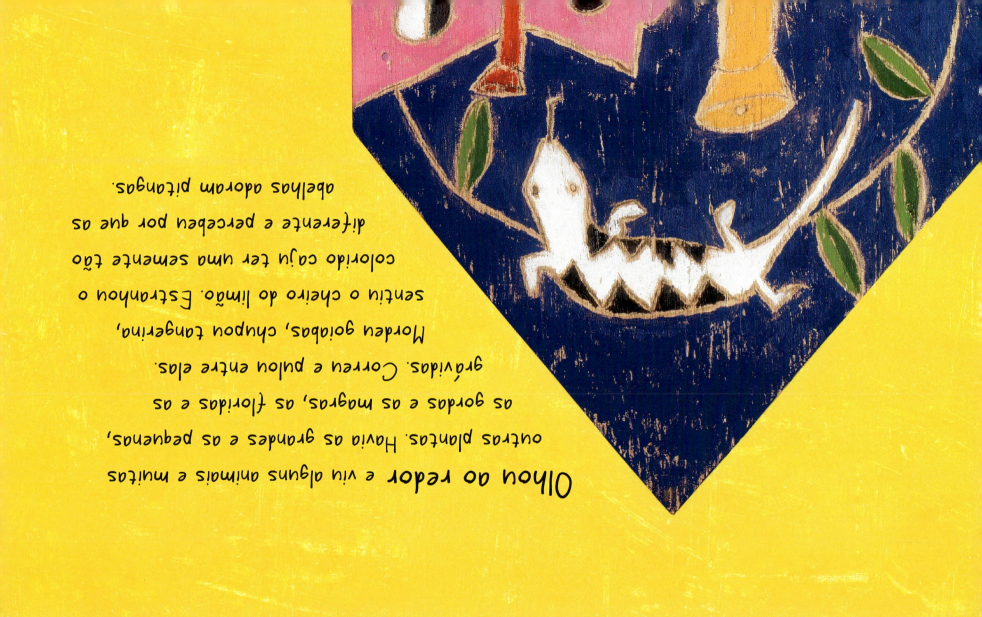

Olhou ao redor e viu alguns animais e muitas outras plantas. Havia as grandes e as pequenas, as gordas e as magras, as floridas e as grávidas. Correu e pulou entre elas. Morden goiabas, chupou tangerina, sentiu o cheiro do limão. Estranhou o colorido caju ter uma semente tão diferente e percebeu por que as abelhas adoram pitangas.

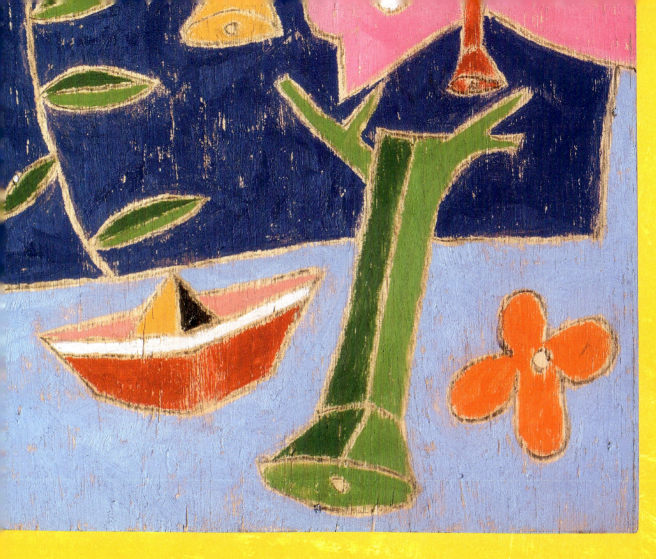

Muito tempo depois, Emília espalhou pelo mundo sementes dessas árvores generosas.
E ajudou muitas crianças (alguns adultos espertos também) a terem o olho maior que a barriga...

Graça Ramos

Nascida em Parnaíba (Piauí), mudou-se ainda pequena para Brasília. E estranhou muito a diferença de paisagem, pois saiu do mar para o Cerrado, deixando as areias brancas e douradas para brincar na terra vermelha. Desde então, tornou-se uma leitora muito atenta de livros infantis. Jornalista, mestre em Literatura Brasileira e doutora em História da Arte, gosta de observar como o texto escrito e as imagens ajudam a contar histórias que envolvem e surpreendem leitores de todas as idades. Além de escrever livros para crianças, é autora de obras destinadas a adultos que tratam de arte e literatura.

Galeno

Também nascido no Delta do Parnaíba, é pintor conhecido pelo domínio da cor. Suas pinturas exploram vermelhos, azuis, verdes, amarelos e demais cores com forte intensidade. E apresentam objetos resgatados da memória da infância passada entre pipas, carretéis, linhas e anzóis.

Nessa mistura de tons e formas, constrói uma geometria lírica que brinca no espaço. Desde criança, vive em Brazlândia, bairro de Brasília, cidade que seu pai ajudou a construir. Tem quadros espalhados por muitos países e é autor do painel instalado na Igrejinha Nossa Senhora de Fátima, em Brasília, que substituiu um mural assinado pelo importante artista modernista Alfredo Volpi.